**作家出版社建社70周年珍本文库**

策划 / 鲍 坚　张亚丽
终审 / 颜 慧　王 松　胡 军　方 文
监印 / 扈文建
统筹 / 姬小琴

## 出 版 说 明

　　1953年，作家出版社在祖国蒸蒸日上的新气象中成立，至今谱写了70年华彩乐章。时代风起云涌间，中国文学名家力作迭出，流派异彩纷呈，取得的成绩令世人瞩目。作为中国出版事业的中坚力量，作家出版社在经典文学出版、作家队伍建设、文学风气引领等方面成就卓著，用一部部厚重扎实的作品，夯实了新中国文学的根基。为庆祝作家出版社成立70周年，向老一代经典作家致敬，向伟大的文学时代致敬，我们启动"作家出版社建社70周年珍本文库"文学工程，选取部分建社初期作家出版社首次出版的作品重装出版，彰显中国风格、中国气派和文学价值观上的人民立场，共同见证新中国文学事业的勃发和生机。相信这套文库的文学价值和社会意义，将随着时间的推移而日益显示出来。需要说明的是，由于一些原因，未能尽数收录建社初期所有重要作品，我们心存遗憾。衷心感谢中国作家协会、各位作家及作家亲属给予本文库的大力支持。

作家出版社

内容简介：

诗人郭小川极具代表性和标志性的诗集，收录了诗人1962年前后创作的22组诗歌。在这部诗集中，诗人深入生活一线，以雄浑壮丽的气势、饱满昂扬的激情、热烈澎湃的诗心，真诚真挚地歌颂了一代中国人艰苦奋斗、乐观向上的革命精神。

## 郭小川
（1919—1976）

原名郭恩大，中国当代著名诗人。1937年加入中国共产党。1948年到1954年，先后任冀察热辽《群众日报》副总编辑兼《大众日报》负责人，《天津日报》编辑部主任。1953年后曾任中宣部文艺处副处长，中国作家协会秘书长、党组副书记等职。代表作有《向困难进军》《人民万岁》《望星空》《甘蔗林——青纱帐》《团泊洼的秋天》，长诗《白雪的赞歌》《一个和八个》等。

作家出版社 首版封面

《甘蔗林——青纱帐》

郭小川 著
作家出版社1963年10月

# 甘蔗林——青纱帐

郭小川 ○ 著

作家出版社

图书在版编目（CIP）数据

甘蔗林——青纱帐 / 郭小川著．－－北京：作家出版社，2023.10

（作家出版社建社 70 周年珍本文库）

ISBN 978－7－5212－2462－7

Ⅰ.①甘…　Ⅱ.①郭…　Ⅲ.①诗集－中国－当代　Ⅳ.①I227

中国国家版本馆 CIP 数据核字（2023）第 156730 号

## 甘蔗林——青纱帐

| 策　　划： | 鲍　坚　张亚丽 |
|---|---|
| 统　　筹： | 姬小琴 |
| 作　　者： | 郭小川 |
| 责任编辑： | 邢宝丹 |
| 装帧设计： | 棱角视觉 |
| 出版发行： | 作家出版社有限公司 |
| 社　　址： | 北京农展馆南里 10 号　　邮　编：100125 |
| 电话传真： | 86－10－65067186（发行中心及邮购部） |
| | 86－10－65004079（总编室） |
| E－mail: | zuojia@zuojia.net.cn |
| http: | //www.zuojiachubanshe.com |
| 印　　刷： | 北京盛通印刷股份有限公司 |
| 成品尺寸： | 142×210 |
| 字　　数： | 74 千 |
| 印　　张： | 4.375 |
| 版　　次： | 2023 年 10 月第 1 版 |
| 印　　次： | 2023 年 10 月第 1 次印刷 |
| ISBN | 978－7－5212－2462－7 |
| 定　　价： | 50.00 元 |

作家版图书，版权所有，侵权必究。
作家版图书，印装错误可随时退换。

# 目录

## 上辑

刻在北大荒的土地上 / 003

祝酒歌 / 007

大风雪歌 / 016

青松歌 / 022

厦门风姿 / 027

茫茫大海中的一个小岛 / 035

走厦门 / 043

乡村大道 / 047

甘蔗林——青纱帐 / 050

青纱帐——甘蔗林 / 053

秋歌（之一）/ 056

秋歌（之二）/ 059

秋歌（之三）/ 063

秋日谈心 / 067

# 下辑

三门峡 / 073

思念 / 076

平炉王出钢记 / 079

为"诗歌号"送行 / 087

风暴之歌 / 090

春暖花开 / 096

天安门广场 / 111

十年的歌 / 117

上 辑

## 刻在北大荒的土地上


继承下去吧,我们后代的子孙!
这是一笔永恒的财产——千秋万古长新;
耕耘下去吧,未来世界的主人!
这是一片神奇的土地——人间天上难寻。

这片土地哟,头枕边山、面向国门,
风急路又远啊,连古代的旅行家都难以问津,
这片土地哟,背靠林海、脚踏湖心,
水深雪又厚啊,连驿站的千里马都不便扬尘。

这片土地哟,一直如大梦沉沉!
几百里没有人声,但听狼嚎、熊吼、猛虎长吟;
这片土地哟,一直是荒草森森!
几十天没有人影,但见蓝天、绿水、红日如轮。

这片土地哟,过去好似被遗忘的母亲!
那清澈的湖水啊,像她的眼睛一样望尽黄昏;

这片土地哟,过去犹如被放逐的黎民!
那空静的山谷啊,像他的耳朵一样听候足音。

永远记住这个时间吧:一九五四年隆冬时分,
北风早已吹裂大地,冰雪正封闭着古老的柴门;
永远记住这些战士吧:一批转业的革命军人,
他们刚刚告别前线,心头还回荡着战斗的烟云。

野火却烧起来了!它用红色的光焰昭告世人:
从现在起,北大荒开始了第一次伟大的进军!
松明却点起来了!它向狼熊虎豹发出檄文:
从现在起,北大荒不再容忍你们这些暴君!

谁去疗治脚底的血泡呀,谁去抚摸身上的伤痕!
马上出发吧,到草原的深处去勘察土质水文;
谁去清理腮边的胡须呀,谁去涤荡眼中的红云!
继续前进吧,用满身的热气冲开弥天的雪阵。

还是吹起军号呵!横扫自然界的各色"敌人",
放一把大火烧开通路,用雪亮的刺刀斩草除根!
还是唱起战歌呵!以注满心血的声音呼唤阳春,
节省些口粮作种子,用扛惯枪的肩头把犁耙牵引。

哦,没有拖拉机、没有车队、没有马群……

却有几万亩土地——在温暖的春风里翻了个身！
哦，没有住宅区、没有野店、没有烟村……
却有几个国营农场——在如林的帐篷里站定了脚跟！

怎样估价这笔财产呢？我感到困难万分，
当我写这诗篇的时候，机车和建筑物已经结队成群；
怎样测量这片土地呢？我实在力不从心，
当我写这诗篇的时候，绿色的麦垄还在向天边延伸。

这笔永恒的财产啊，而且是生活的指针！
它那每条开阔的道路呀，都像是一个清醒的引路人；
这片神奇的土地啊，而且是真理的园林！
它那每只金黄的果实呀，都像是一颗明亮的心。

请听：战斗和幸福、革命和青春——
在这里的生活乐谱中，永远是一样美妙的强音！
请看：欢乐和劳动、收获和耕耘——
在这里的历史图案中，永远是一样富丽的花纹！

请听：燕语和风声、松涛和雷阵——
在这里的生活歌曲中，永远是一样地悦耳感人！
请看：寒流和春雨、雪地和花荫——
在这里的历史画卷中，永远是一样地醒目动心！

我们后代的子孙啊,共产主义时代的新人!
埋在这片土地里的祖先,怀着对你们最深的信任;
你们的道路,纵然每分钟都是那么一帆风顺,
也不会有一秒钟——遗失了革命的灵魂……

未来世界的主人啊,社会主义祖国的公民!
埋在这片土地里的祖先,对你们抱有无穷的信心;
你们的生活,纵然千百倍地胜过当今,
也不会有一个早上——忘记了这一代人的困苦艰辛。

是的,一切有出息的后代,历来珍视革命先辈的遗训,
而不是虚设他们的灵牌——用三炷高香侍奉晨昏;
是的,一切有出息的后代,历来尊重开拓者的苦心,
而不是只从他们的身上——挑剔微不足道的灰尘。

……继承下去吧,我们后代的子孙!
这是一笔永恒的财产——千秋万古长新;
……耕耘下去吧,未来世界的主人!
这是一片神奇的土地——人间天上难寻。

1962年12月—1963年1月24日,虎林—北京。

## 祝酒歌
### ——林区三唱之一

三伏天下雨哟,
雷对雷;
朱仙镇交战哟,
锤对锤;
今儿晚上哟,
咱们杯对杯!

舒心的酒,
千杯不醉,
知心的话,
万言不赘,
今儿晚上啊,
咱这是瑞雪丰年祝捷的会!

酗酒作乐的
是浪荡鬼;

醉酒哭天的
是窝囊废；
饮酒赞前程的
是咱们社会主义新人这一辈！

财主醉了，
因为心黑；
衙役醉了，
因为受贿；
咱们就是醉了，
也只因为生活的酒太浓太美！

山中的老虎呀，
美在背；
树上的百灵呀，
美在嘴；
咱们林区的工人啊，
美在内。

斟满酒，
高举杯！
一杯酒，
开心扉；
豪情，美酒，

自古长相随。

祖国是一座花园,
北方就是园中的腊梅;
小兴安岭是一朵花,
森林就是花中的蕊。
花香呀,
沁满咱们的肺。

祖国情呀,
春风一般往这儿吹;
同志爱呀,
河流一般往这儿汇。
党是太阳,
咱是向日葵。

广厦亿万间,
等这儿的木材做门楣;
铁路千百条,
等这儿的枕木铺钢轨。
国家的任务是大旗,
咱是旗下的突击队。

骏马哟,

不用鞭催;
好鼓哟,
不用重锤;
咱们林区工人哟,
知道怎样答对!

且饮酒,
莫停杯!
三杯酒,
三杯欢喜泪;
五杯酒,
豪情胜似长江水。

雪片呀,
恰似群群仙鹤天外归;
松树林呀,
犹如寿星老儿来赴会。
老寿星啊,
白须、白发、白眼眉。

雪花呀,
恰似繁星从天坠;
桦树林呀,
犹如古代兵将守边陲。

好兵将啊,
白旗、白甲、白头盔。

草原上的骏马哟,
最快的是乌骓;
深山里的好汉哟,
最勇的是李逵;
天上地下的英雄啊,
最风流的是咱们这一辈!

目标远,
大步追。
雪上走,
就像云里飞;
人在山,
就像鱼在水。

重活儿,
甜滋味。
锯大树,
就像割麦穗;
扛木头,
就像举酒杯。

一声呼,
千声回;
林荫道上,
机器如乐队;
森林铁路上
火车似滚雷。

一声令下,
万树来归:
冰雪滑道上,
木材如流水;
贮木场上,
枕木似山堆。

且饮酒,
莫停杯!
七杯酒,
豪情与大雪齐飞;
十杯酒,
红心和朝日同辉!

小兴安岭的山哟,
雷打不碎;
汤旺河的水哟,

百折不回。
林区的工人啊,
专爱在这儿跟困难作对!

一天歇工,
三天累;
三天歇工,
十天不能安生睡;
十天歇工,
简直觉得犯了罪。

要出山,
茶饭没有了味;
快出山,
一时三刻拉不动腿;
出了山,
夜夜梦中回。

旧话说:
当一天的乌龟,
驮一天的石碑;
咱们说:
占三尺地位,
放万丈光辉!

旧话说：
跑一天的腿，
张一天的嘴；
咱们说：
喝三瓢雪水，
放万朵花蕾！

人在山里，
木材走遍东西南北；
身在林中，
志在千山万水。
祖国叫咱怎样答对，
咱就怎样答对！

想昨天：
百炼千锤；
看明朝：
千娇百媚；
谁不想干它百岁！
活它百岁！

舒心的酒，
千杯不醉；

知心的话,

万言不赘;

今儿晚上啊,

咱这是瑞雪丰年宣誓的会……

1962年12月,记于伊春;1963年2月1日—28日,写于北京。

## 大风雪歌
——林区三唱之二

老北风
——风中的霸;
腊月雪
——雪中的砂;
整整一夜哟,
前呼后拥闹天下!

寒流呀,
像冲破了闸;
冰川呀,
像炸开了花;
空气哟,
冷得发辣。

灭了,
风中的蜡;

僵了,
井底的蛙;
倒了,
泥塑的菩萨。

老天哟,
仿佛要塌;
大地哟,
仿佛要垮。
大风雪呀,
谁不受你惊吓!

而今,
咱却要你回答:
是你大,
还是咱们大?
是你怕,
还是咱们怕?

一串钟声,
把黑夜敲垮;
一阵欢笑,
把阴云气煞。
天亮了,

咱们出发!

热气呀,
把雪片烧成火花;
鲜血呀,
把白雾染成红霞。
转眼间,
无穷变化!

山风呀,
成了进军的喇叭;
松涛呀,
成了庆功的唢呐。
漫山遍野哟,
都为咱吹吹打打。

白雪呀,
献出一簇簇鲜花;
森林呀,
举起一排排火把。
林区山场哟,
谁不把咱迎迓!

春麦呀,

雪下发芽；
冬梅呀,
腊月开花；
林业工人哟,
在风雪里长大!

南征,
北伐；
东挡,
西杀。
哪儿有任务,
就向哪儿进发!

风如马,
任我跨；
云如雪,
随我踏；
哪儿有艰难,
哪儿就是家!

钢锯呀,
亮开银牙；
铁斧呀,
迸出金花；

一声吆喝,
大树随风纷纷下!

冰雪滑道呀,
好似天河山前挂。
森林铁路呀,
好似长江过三峡;
咱们的木材哟,
追波逐浪走天涯。

小材呀,
造船桨车架。
大材呀,
建高楼大厦;
擎天托地哟,
也是咱家!

是你大,
还是咱们大?
是你怕,
还是咱们怕?
而今哟,
难道还用回答!

大风呀,
你刮!
大雪呀,
你洒!
请看今日的世界,
竟是谁家之天下!

1962年12月,记于伊春;1963年3月1日—13日,写于北京。

## 青松歌
——林区三唱之三


三个牧童,
必讲牛犊;
三个妇女,
必谈丈夫;
三个林业工人,
必夸长青的松树。

青松哟,
是小兴安岭的旺族;
小兴安岭哟,
是青松的故土。
咱们小兴安岭的人啊,
与青松亲如手足!

白日里,
操作在密林深处;

黑夜间,
酣睡在山场新屋。
松林啊,
为咱们做帐幕。

绿荫哟,
铺满山路;
香气哟,
飘满峡谷。
青松的心意啊,
装满咱们的肺腑!……

而青松啊,
决不与野草闲花为伍!
一派正气,
一副洁骨;
一片忠贞,
一身英武。

风来了,
杨花乱舞;
雨下了,
柳眉紧蹙。
只有青松啊,

根深叶固!

霜降了,
桦树叶儿黄枯;
雪落了,
榆树顶儿光秃。
只有青松啊,
春天永驻!

一切邪恶啊,
莫想把青松凌辱!
松涛哟,
似战鼓;
松针哟,
如铁杵。

一切仇敌啊,
休想使青松屈服!
每片松林哟,
都是武库;
每座山头哟,
都是碉堡。

而青松啊,

永为人间服务!
身在林区,
心在南疆北土;
长在高山,
志在千村万户。

海角天涯,
都是路!
移到西蜀,
就生根在西蜀;
运到两湖,
就落脚在两湖。

有用处,
就是福!
能做擎天的柱,
就做擎天的柱;
能做摇船的橹,
就做摇船的橹。

奔前途,
不回顾!
需要含辛茹苦,
就含辛茹苦;

需要粉身碎骨,
就粉身碎骨。

千秋万古,
给天下造福!
活着时,
为好日月欢呼;
倒下时,
把新世界建筑。

青松哟,
是小兴安岭的旺族;
小兴安岭哟,
是青松的故土。
咱们小兴安岭的人啊,
与青松亲如手足。

一样的志趣,
一样的风度,
一样的胸怀,
一样的抱负。
青松啊,
是咱们林业工人的形图!

1962 年 12 月,记于伊春;1963 年 3 月 16 日—26 日,写于上海。

## 厦门风姿

一

厦门——海防前线呀,你究竟在何处?
不是一片片的荔枝林哟,就是一行行的相思树;
厦门——海防前线呀,哪里去寻你的真面目?
不是一缕缕的轻烟哟,就是一团团的浓雾。

荔枝林呵荔枝林,打开你那芬芳的帐幕,
知我者,请赐我以战斗的香甜和幸福!
相思树呵相思树,用你那多情的手儿指指路,
爱我者,快快把我引进英雄的门户!

轻烟哪轻烟,莫要使人走入歧途,
真理才是生命之光,斗争才是和平之母;
浓雾呵浓雾,休想把明亮的天空蒙住,
黑夜已经仓皇而逃,太阳已经喷薄而出。

厦门——海防前线呀,你究竟在何处?
外边是蓝茫茫的东海哟,里面是绿悠悠的人工湖;[1]
厦门——海防前线呀,哪里去寻你的真面目?
两旁是银闪闪的堤墙哟,中间是金晃晃的大路。[2]


二


大湖外、海水中,忽有一簇五光十色的倒影;
那是什么所在呀,莫非是海底的龙宫?
沿大路、过长堤,走向一座千红万绿的花城,
那是什么所在呀,莫非是山林的仙境?

真像海底一般的奥妙啊,真像龙宫一般的晶莹,
那高楼、那广厦,都仿佛是由多彩的珊瑚所砌成;
真像山林一般的幽美啊,真像仙境一般的明静,
那长街、那小巷,都好像掩映在祥云瑞气之中。

可不在深暗的海底呀,可不是虚构的龙宫,

---

1. 从杏林到集美的长堤,把海湾拦腰截断,形成一座巨大的人工湖。
2. 这里的"堤墙",指集美到厦门的长堤。

看，凤凰木开花红了一城，木棉树开花红了半空；
可不在僻远的山林呀，可不是假想的仙境，
听，鹭江唱歌唱亮了渔火，南海唱歌唱落了繁星。

可不在冷漠的海底呀，可不是空幻的龙宫，
看，榕树好似长寿的老翁，木瓜有如多子的门庭；
可不在肃穆的山林呀，可不是缥缈的仙境，
听，五老峰有大海的回响，日光岩有如鼓的浪声。[1]

分明来到了厦门城——却好像看不见战斗的行踪，
但见那——满树繁花、一街灯火、四海长风……
分明来到了厦门岛——却好像看不见战场的面容，
但见那——百样仙姿、千般奇景、万种柔情……

呵，祖国的花城，你的俊美怎能不使我激动！
我的脚步啊，可无论如何不能在此久停；
呵，南方的宝岛，我怎能不衷心地把你称颂！
我必须前进啊，前面才有我的雄伟的途程。

---

1. 五老峰，为厦门岛内山峰；日光岩是鼓浪屿的山峰；相传，鼓浪屿海中浪如鼓声，鼓浪屿因此得名。

## 三

上扶梯、登舰艇,我驰进大海的怀抱里,
这又是什么所在呀?一切都如此令人着迷!
爬土坡、攀石岗,我深入层峦耸翠的山区,
这又是什么所在呀?一切都仿佛十分熟悉!

望远镜整日在海上搜索,雷达时时在空中寻觅,
这里的每滴海水,都怀着深深的警惕;
峰岩织满了火网,高山举起了红旗,
这里的每块石头,都流贯着英雄的血液。

紫云中翻飞着银燕,重雾里跳动着轻骑,[1]
这里的每排浪花,都在追踪着敌人的足迹;
观察所日夜不息地工作,海岸炮时时向前方凝视,
这里的每粒黄土,都有着无穷无尽的精力。

海水天天扬起新潮,山头月月长出嫩绿,
这里的每根小草,都深藏着百折不回的意志;
弹坑中伸出了高树,坑道里涌出了泉溪,
这里的每朵野花,都显现着英勇无畏的雄姿。

---

1. 我之轻便舰艇,有"海上轻骑"之称。

哦，这不过是南方的一角，却集中了南方的多少生机！
大雁从这里飞过，都要带走万千春天的信息；
哦，这不过是祖国的一地，却凝聚了祖国的多少豪气！
山鹰从这里越过，都要鸣响它那饱含情热的风笛！

这到底是什么所在呀——离厦门城仅有咫尺，
竟有如此的雄风、如此的骇浪、如此的急雨！
这到底是什么所在呀——就在厦门岛的高地，
竟有如此的青天、如此的白云、如此的红日！

呵，令人着迷的大海——我的老战友的新居，
把我收下吧，我的全部身心都将不再远离；
呵，我所熟悉的山区——我们的英雄的故里，
拥抱我吧，我永生永世都将忠诚地捍卫着你。

## 四

当我在近海里巡游，回头又见我们的海岸线，
那又是什么所在呀，为什么显得格外壮观？！
当我站在高山上，脚下的城市又忽然展现，
那又是什么所在呀，为什么显得格外庄严？！

我们的海岸线哪,像彩虹似的铺在大陆的边缘,
那高楼、那广厦,正为战斗和劳动的热忱所填满;
我脚下的城市呵,像碉堡似的立在祖国的前端,
那长街、那小巷,正有无限的豪情壮志拥塞其间。

看,凤凰木花如朝霞一片,木棉花如宫灯万盏,
我们的旗帜啊,映照得像热血一样新鲜;
听,南海的涛声如号角,鹭江的潮音如管弦,
我们城里的市声啊,烘托得有如鼓乐喧天。

看,榕树老人捋着长髯,木瓜弟兄睁着大眼,
候着出海的渔民哪,披风戴露满载鱼虾回家园;
听,日光岩下有笑声朗朗,五老峰中有细语绵绵,
陪着海岸的哨兵啊,谈天说地议论我们的好江山。

分明还是那个厦门城——怎么又有这样的新市面!
怪不得我们的前沿呵,都亲热地把你叫作"后边"。
分明还是那个厦门岛——怎么又有这样的好容颜!
怪不得我们的海军呵,都把你看作"不沉的战船";

呵,祖国的花城,多么豪迈,多么烂漫!
当我走上了前沿,反而不能不一再回首把你饱看;
呵,南方的宝岛,多么壮丽,多么丰满!

当我成为你的战士的时候,反而对你这样地情意缠绵。

## 五

厦门——海防前线呀,你为什么这样变化莫测:
一会儿温柔、一会儿威武、一会儿庄严又活泼?……
厦门——海防前线呀,你到底有几个:
一个在欢腾、一个在战斗、一个在劳动和建设?……

不、不,不是厦门——海防前线变化莫测,
只因为我这初来的人哪,不了解它的非凡的性格;
不、不,不能把厦门——海防前线分成几个,
只怪我这战士的心海呵,掀起一次又一次的风波。

我们的厦门——海防前线呵,断然不可分割,
庄严和秀丽、英雄和美,是如此地一致而又谐和;
我们的厦门——海防前线呵,从来只有这一个,
后方为了前沿的战斗,前沿为了后方的欢腾的建设。

我们的厦门——海防前线呵,犹如我们的整个生活,
和平、斗争、建设,一直在这里奇妙地犬牙交错;
我们的厦门——海防前线呵,象征着我们的祖国,

高昂而热烈的斗志哟,紧紧地拥戴着明丽的山河。

厦门——海防前线呀,我终于偎进了你的心窝,
请把我的生涯,也深深地涂上像你那样的亮色;
厦门——海防前线呀,你已为我上了珍贵的第一课,
我因此才能用你的光彩,把你的风姿收进我的画册。

1961年10月—1962年3月,一、二、三稿于厦门—北京—厦门;
《在延安文艺座谈会上的讲话》发表二十周年那一天,四稿于北京。

## 茫茫大海中的一个小岛

一

哦,同志,请你打开地图瞧一瞧:
在茫茫的大海之中,可有这样一个小岛?

这个岛呵,在典籍中无从查考,
它上面:没有名山、没有胜景、没有古庙。

这个岛呵,也许是祖国最荒凉的一角,
它上面:没有居民、没有渔村、没有栈道。

这个岛呵,离大陆只不过十里之遥,
开天辟地以来,却好像无人知晓。

这个岛呵,位于南海和东海之交,
在百万分之一的地图上,却从来不能落脚。

## 二

哦,同志,莫要说你在地图上查看,
即使你到了南海边,只怕也未必能亲眼得见。

这个岛呵,恍惚不在天海之间;
当暮霭苍茫时,它甚至不如一抹云烟。

这个岛呵,好似虚无缥缈的仙山,
在风雨依稀中,它简直不留下迹痕一点。

这个岛呵,你纵然看见也不好分辨;
在明亮的阳光下,它犹如一面褐色的风帆。

这个岛呵,你纵然发现也不可轻下判断;
在玫瑰色的霞光里,它不过是一支火焰。

## 三

哦,同志,莫要说你从海边远远望去,
即使逼近它的身边,只怕也难以分辨虚实。

这个岛呵,四外简直是一片空虚,
在风平浪静的黄昏,你看不清桅影帆姿。

这个岛呵,周围简直是一片沉寂,
在天朗气清的早晨,你听不见人声鸟语。

这个岛呵,日夜沉浸在严峻的气氛里,
就在那浪花起处,曾经有过敌舰的侵袭。

这个岛呵,三分恐怖、七分神秘,
那三里外的邻岛上,还驻扎着一队亡命的仇敌。

## 四

哦,同志,莫要说你在它的身边巡游,
即使在它的岸边停泊,只怕也未必能把它摸透。

这个岛呵,几乎一无所有;
连那几棵树木哟,都似野草一样地瘦。

这个岛呵,宛如塞外的荒丘;

连那几朵野花哟,都似寒星一般地抖。

这个岛呵,不像有人把守;
也许只有黎明的雾气,才是它的甲胄。

这个岛呵,真如一叶孤舟;
也许只有天上的月亮,才是它的好友。

## 五

哦,同志,如果你真的在它的岸边停泊,
那可就太好了,战士们会突然出现在你的两侧。

这个岛呵,于是乎立即变得生气勃勃,
好像有十万个伙伴,忽然跟你一同前来做客。

这个岛呵,于是乎立即显得金光闪烁,
好像有一百个太阳,忽然来此跟你会合。

这个岛呵,于是乎再也不那么冷落,
那一草一木呀,都格外地亲亲热热!

这个岛呵，于是乎全局皆活，
那一山一石呀，都闪耀出生命的亮火！

## 六

哦，同志，你切不要急于转向归程，
既然碰上自己的战友，何不请他们把你引上山峰。

这个岛呵，原来也有战士的梦境，
楼台殿阁的缩影哟，掩映在山头的云雾之中。

这个岛呵，原来也有诗歌的行踪，
战士的语言的晶体哟，构成了隧洞口外的屏风。

这个岛呵，何尝有过片刻的平静！
从山丛岩缝里迸出来的，尽是战斗者的心声。

这个岛呵，谁说没有埋伏着百万雄兵！
那光秃秃的山峰下面，尽是我们的兵寨军营。

## 七

哦,同志,你自己可千万不要见外,
既然上过山峰,何不下去访访地下的营寨!

这个岛呵,生活大都在坑道里展开,
那斜斜的走廊中,流溢着泉水的清流和战士的友爱。

这个岛呵,地下的世界并不比天空狭窄,
那黑黑的岩洞里,装满了伟大的理想和英雄的气概。

这个岛呵,有着何等宽阔的胸怀!
万吨的仇恨、无边的怒火,都在坑道里深埋。

这个岛呵,一切听从祖国的安排,
勇猛的大炮、锐敏的机枪,随时都在把命令等待。

## 八

哦,同志,你无须乎过分匆忙,
既然下了坑道,何不到观察所赏赏海上风光!

这个岛呵,四外确是一片苍茫,
不测的风云哟,时常掀起了洪波大浪!

这个岛呵,周围又是那么豪壮!
闪光的雷电哟,总是把大海长天照得异样辉煌。

这个岛呵,已经饱历雷雨风霜,
它还有未尽的职责,就是:迫使所有的敌人投降!

这个岛呵,平时用千万只眼睛把大海守望,
到了紧要关头,它身上的枯草都是锋利的刀枪。

# 九

哦,同志,你已经把这个小岛内外看遍,
回答吧:我们纵有地图万卷,可能容下它的幅员?

这个岛呵,实在是无际无边,
天再大,它也能装,海再广呀,它也能管。

这个岛呵,又昂然耸立于天地之间,

天若要塌,它敢顶;海若要裂呀,它也敢焊。

这个岛呵,为什么如此无际无边?
只因为:整个祖国的心血目光,在这里掀动得海浪滔天。

这个岛呵,为什么如此高大不凡?
只因为:亿万亲人的深情厚谊,在这里流连忘返。……

1962年2月—6月,厦门—北京。

## 走厦门

他参军有半年了——半年前的一个早晨，
他带着满腔的豪情，欢欢喜喜，告别了家人；
他来岛上五个月了——五个月前的一个黄昏，
他闪着惊奇的眼光，匆匆忙忙，跨过了厦门。

水手说：大海的神色呀，一日三新！
说得对！一会儿是钢、一会儿是玉、一会儿是金……
班长说：部队的生活呀，越过越有劲！
讲得好！头天生、二天熟、五天热、七天亲……

排长问：家里怎么样，该来过信？
那还用说！妹妹最娇、爸爸最忙、妈妈最勤；
指导员也问：没有吵架吗？顺不顺心？
不成问题！新兵活泼、老兵沉着、干部谦逊。

一个月后，他生了点儿心事——想走一趟厦门，
那儿，风景美、电灯亮、凤凰木花像一片红云；

两个月后,他做了一个梦——果然到了厦门,
那儿,人会飞、山会唱、龙眼荔枝直劲儿打嘴唇。

三个月后,他搜集了好多关于厦门的新闻:
郑成功纪念馆开幕、杂技团公演、公园来了珍禽……
四个月后,他秘密地把旅行计划写进笔记本:
照张相、买点书、看两次晚会、访问一个熟人……

整五个月以后,连部把他的三天假期批准,
他多兴奋呵,话不停、睡不稳、饭不香、水不饮,
天还没有明,他悄悄地出了军营、下了海滨,
他多漂亮呵,军帽正、皮鞋响、领章红、军衣新。

想厦门、盼厦门,今天的厦门总算开了大门!
可是,班上那块萝卜地,今早上应该浇水上粪,
想厦门、盼厦门,只可惜这几天的工作没抓紧,
哎,东山坑道里那眼水泉,挖得还不够深。

水手说得对——大海的神色呀,一日三新!
现在一百五十天了,它已经装点了战士的心魂;
班长说得好——部队的生活呀,越过越来劲!
现在五个月了,它真正成了这条生命的须根!

想厦门、盼厦门,厦门一会儿比一会儿近,

可是，今天下午，指导员要讲《实践论》；
想厦门、盼厦门、看见厦门，反而有点不开心，
哎，明天上午，连长要谈保卫海防的战略方针。

自己答得倒很脆：妹妹最娇、爸爸最忙、妈妈最勤，
现在能这样告诉他们吗？"我在厦门逛得真过瘾！"
自己看得倒很准：新兵活泼、老兵沉着、干部谦逊，
现在能这样谢谢他们吗？"我玩得真好，多亏你们！"

呵，厦门终于到了。你——南方的重镇！
真的是：满面春风、满街楼影、满地花荫；
呵，厦门终于到了。你——海上的辕门！
真的是：满天朝霞、满城红旗、满山绿林！

这城市太好了，谁到这里不受它的吸引？
有什么关系呢！五个月来一次，怎能算是过分！
这地方太美了，谁到这里不觉得悦目赏心？
痛快地逛逛吧！以后加紧工作就是，时间长得很！

他以战士的姿态，站在码头上，定了定神；
忽然自语道：这大街上，也许只有我是个闲人！
他迈着军人的阔步，走了一段，又停在街心；
忽然问自己：这样好的江山，靠谁把守大门？

哦，不行。一个革命军人，一刻也不能瞎混，
如果个个都来逛荡，还算得了什么解放军；
哦，不行。一个青年战士，一分钟也不能松劲；
敌人还没有投降，谁知道他们不抽个空子入侵？

这时，他的周围——仿佛不再有那花香阵阵，
从敌舰冒出来的炮火，卷起了海岛上的烟尘；
这时，他的眼前——仿佛不再有那春风熏熏，
从敌占岛屿发出的嚎叫，掀动了天边的乌云。

这时，他的周围——仿佛有无数事物庞然杂陈：
萝卜地、粪土、坑道、泉水，《实践论》……
这时，他的眼前——仿佛流走着浩浩荡荡的人群：
班长、连长、指导员、兵士、妹妹、父亲、母亲……

于是，他重新下了扶梯，跳上船身，……
只听水手说："玩几天不要紧。哎，什么样的人品！"
于是，他重新下了小船，登上海滨，……
只听班长说："本来可以嘛。哎，这小伙子真带劲！"

1962年3月厦门鼓浪屿初记，6月15日北京写成。

## 乡村大道

一

乡村大道呵,好像一座座无始无终的长桥!
从我们的脚下,通向遥远又遥远的天地之交;
那两道长城般的高树呀,排开了绿野上的万顷波涛。

哦,乡村大道,又好像一根根金光四射的丝绦!
所有的城市、乡村、山地、平原,都叫它串成珠宝;
这一串串珠宝交错相连,便把我们的锦绣江山缔造!

二

乡村大道呵,也好像一条条险峻的黄河!
每一条的河身,至少有九曲十八折;

而每一曲、每一折呀,都常常遇到突起的风波。

哦,乡村大道,又好像一道道干涸的沟壑!
那上面的石头和乱草呵,比黄河的浪涛还要多;
古往今来的旅人哟,谁不受够了它们的颠簸!


三


乡村大道呵,我生之初便在它上面匍匐;
当我脱离了娘怀,也还不得不在上面学步;
假如我不曾在上面匍匐学步,也许至今还是个侏儒。

哦,乡村大道,所有的山珍土产都得从此上路,
所有的英雄儿女,都得在这上面出出入入;
凡是前来的都有远大的前程,不来的只得老死狭谷。


四


乡村大道呵,我爱你的长远和宽阔,
也不能不爱你的险峻和你那突起的风波;

如果只会在花砖地上旋舞,那还算什么伟大的生活!

哦,乡村大道,我爱你的明亮和丰沃,
也不能不爱你的坎坎坷坷、曲曲折折;
不经过这样的山山水水,黄金的世界怎会开拓!

1961年11月初稿于昆明,1962年6月改于北京。

## 甘蔗林——青纱帐

南方的甘蔗林哪,南方的甘蔗林!
你为什么这样香甜,又为什么那样严峻?
北方的青纱帐啊,北方的青纱帐!
你为什么那样遥远,又为什么这样亲近?

我们的青纱帐哟,跟甘蔗林一样地布满浓荫,
那随风摆动的长叶啊,也一样地鸣奏嘹亮的琴音;
我们的青纱帐哟,跟甘蔗林一样地脉脉情深,
那载着阳光的露珠啊,也一样地照亮大地的清晨。

肃杀的秋天毕竟过去了,繁华的夏日已经来临,
这香甜的甘蔗林哟,哪还有青纱帐里的艰辛!
时光像泉水一般涌啊,生活像海浪一般推进,
那遥远的青纱帐哟,哪曾有甘蔗林里的芳芬!

我年青时代的战友啊,青纱帐里的亲人!
让我们到甘蔗林集合吧,重新会会昔日的风云;

我战争中的伙伴啊,一起在北方长大的弟兄们!
让我们到青纱帐去吧,喝令时间退回我们的青春。

可记得?我们曾经有过一个伟大的发现:
住在青纱帐里,高粱秸比甘蔗还要香甜;
可记得?我们曾经有过一个大胆的判断:
无论上海或北京,都不如这高粱地更叫人留恋。

可记得?我们曾经有过一种有趣的梦幻:
革命胜利以后,我们一道捋着白须、游遍江南;
可记得?我们曾经有过一点渺小的心愿:
到了社会主义时代,狠狠心每天抽它三支香烟。

可记得?我们曾经有过一个坚定的信念:
即使死了化为粪土,也能叫高粱长得秆粗粒圆;
可记得?我们曾经有过一次细致的计算:
只要青纱帐不倒,共产主义肯定要在下一代实现。

可记得?在分别时,我们定过这样的方案:
将来,哪里有严重的困难,我们就在哪里见面;
可记得?在胜利时,我们发过这样的誓言:
往后,生活不管甜苦,永远也不忘记昨天和明天。

我年青时代的战友啊,青纱帐里的亲人!

你们有的当了厂长、学者，有的做了编辑、将军，
能来甘蔗林里聚会吗？——不能又有什么要紧！
我知道，你们有能力驾驭任何险恶的风云。

我战争中的伙伴啊，一起在北方长大的弟兄们！
你们有的当了工人、教授，有的做了书记、农民，
能再回到青纱帐去吗？——生活已经全新，
我知道，你们有勇气唤回自己的战斗的青春。

南方的甘蔗林哪，南方的甘蔗林！
你为什么这样香甜，又为什么那样严峻？
北方的青纱帐啊，北方的青纱帐！
你为什么那样遥远，又为什么这样亲近？

1962年3月—6月，厦门—北京。

## 青纱帐——甘蔗林

看见了甘蔗林,我怎能不想起青纱帐!
北方的青纱帐啊,你至今还这样令人神往;
想起了青纱帐,我怎能不迷恋甘蔗林的风光!
南方的甘蔗林哪,你竟如此翻动战士的衷肠。

哦,我的青春、我的信念、我的梦想……
无不在北方的青纱帐里染上战斗的火光!
哦,我的战友、我的亲人、我的兄长……
无不在北方的青纱帐里浴过壮丽的朝阳!

哦,我的歌声、我的意志、我的希望……
好像都是在北方的青纱帐里生出翅膀!
哦,我的祖国、我的同胞、我的故乡……
好像都是在北方的青纱帐里炼成纯钢!

这里却是南方,而不是遥远的北方;
北方的高粱地里没有这么甜、这么香!

这里却是甘蔗林,而不是北方的青纱帐;
北方的青纱帐里没有这么美,这么亮!

北方的青纱帐哟,常常满怀凛冽的白霜;
南方的甘蔗林呢,只有大气的芬芳!
北方的青纱帐哟,常常充溢炮火的寒光;
南方的甘蔗林呢,只有朝雾的苍茫!

北方的青纱帐哟,平时只听见心跳的声响;
南方的甘蔗林呢,处处有欢欣的吟唱!
北方的青纱帐哟,长年只看到破烂的衣裳;
南方的甘蔗林呢,时时有节日的盛装!

何必这样问呢——到底更爱南方,还是北方?
我只能回答:我们的国土到处都是一样;
何必这样问呢——到底更爱甘蔗林,还是青纱帐?
我只能回答:生活永远使人感到新鲜明朗。

风暴是一样地雄浑呀,雷声也一样地高亢,
无论哪里的风雷哟,都一样能壮大我们的胆量;
太阳是一样地炽烈呀,月亮也一样地酣畅,
无论哪里的光华哟,都一样能照耀我们的心房。

露珠是一样地明澈呀,雨水也一样地清凉,

无论哪里的雨露哟，都一样是滋养我们的琼浆；
天空是一样地高远呀，大地也一样地宽敞，
无论哪里的天地哟，都一样是培育我们的温床。

呵，老战士还不曾衰老，新战士已经成长，
我们的人哪，总是那样胆大、心细、性子刚；
呵，老一代还健步如飞，新一代又紧紧跟上，
我们的人哪，总是那样胸宽、气壮、眼睛亮。

看吧，当敌人挑衅时，甘蔗林将叫他们投降；
那甜甜的秸秆啊，立刻变为锐利的刀枪！
看吧，当敌人侵犯时，甘蔗林将把他们埋葬；
那密密的长叶啊，立刻织成强大的罗网！

北方的青纱帐啊，你为什么至今还令人神往？
因为我们的甘蔗林呀，已经是新时代的青纱帐！
南方的甘蔗林哪，你为什么这样翻动战士的衷肠？
因为我们的青纱帐呀，埋伏着千百万雄兵勇将！

1962年3月广州初稿，6月—9月北京改成。

## 秋歌
——之一


秋天来了,大雁叫了;
晴空里的太阳更红、更娇了!

谷穗熟了,蝉声消了;
大地上的生活更甜、更好了!

海岸的青松啊,风卷波涛;
江南的桂花呀,香满大道。

草原的骏马啊,长了肥膘;
东北的青山呀,戴了雪帽。

呵,秋云、秋水、秋天的明月,
哪一样不曾印上我们的心血!

呵,秋花、秋实、秋天的红叶,

哪一样不曾浸透我们的汗液!

历史的高山呵,层层叠叠!
我们又爬上十丈高坡百级阶。

战斗的途程呵,绵延不绝!
我们又踏破千顷荒沙万里雪。

回身看:垒固、沟深、西风烈,
请问:谁敢迈步从头越?

回头望:山高、水急、冰川裂,
请问:谁不以手抚膺长咨嗟?

风中的野火呵,长明不灭!
有多险的关隘,就有多勇的行列。

浪里的渔舟呵,身轻如蝶!
有多大的艰难,就有多壮的胆略。

我曾随着大队杀过茫茫夜,
此刻又唱"雄关漫道真如铁"。

我曾随着战友访问黄洋界,

当年的白军不知何处死荒野!

只有江河的流水长滔滔,
只见战斗的红旗永不倒!

只有勇士的豪情日日高,
只见收获的季节年年到。

哦,秋天来了,大雁叫了;
晴空里的太阳更红、更娇了!……

哦,谷穗熟了,蝉声消了,
大地上的生活更甜、更好了!……

1962年9月29日,北京。

**秋歌**
——之二


秋天啊,请把簌簌的风声喝断!
我的歌儿呀,唱了还不到一半。

秋天啊,请把你的脚步儿放慢!
我们的人哪,还要看你千百遍。

看呀看,近处的村镇、远处的边关,
处处哟,都是红旗一片、凯歌一片。

看呀看,近处的田野、远处的高原,
处处哟,都是黄金一片、笑声一片。

看呀看,天高、云淡,大雁南旋,
我们的国土上,哪里都有战斗的风帆!

看呀看,人强、马壮,尘烟飞卷,

我们的大地上，哪里都有革命的好汉！

看呀看，北方的松树、南方的青山，
跟我们的谷穗一样哟——沉甸甸！

看呀看，天上的繁星、地上的灯盏，
跟我们的心思一样哟——亮闪闪！

呵，看山不远走山远——
为迎接秋天，谁的鞋底没有磨穿！

呵，看花容易绣花难——
为装点秋天，谁的手上没有生茧！

风来了，是我们迎上前！
雨来了，是我们撑开伞！

狼来了，是我们点起了火焰！
虎来了，是我们举起了铁拳！

天旱了，是我们走遍深山找清泉！
天涝了，是我们筑起堤坝挡狂澜！

敌人入侵了，是我们把它的魔爪斩断，

叛徒出笼了，是我们把它的面目揭穿！

是我们，开发了祖国的一宗宗富源；
是我们，抵住了老天的一回回挑战！

是我们，渡过了一道道险恶的关山；
是我们，经受了一次次困难的考验。

哦，相信我们吧，大海那边的英雄汉！
无论多大的风雪哟，也盖不住昆仑山！

哦，相信我们吧，高山那边的好伙伴！
无论多猛的洪水哟，也淹不了黄河源！

往后的生活啊，纵有千难万难；
我们的人哪，却有压不烂的钢臂铁肩！

往后的世界啊，纵有千险万险；
我们的人哪，却有吓不破的忠心赤胆！

黑夜有尽头哟，太阳没遮拦；
堂堂中国呵，永远矗立在天地间！

暑热不长久哟，乌云会消散；

时光啊，又为我们送来个好秋天！

秋天啊，请把簌簌的风声喝断！
我的歌儿呀，还远远没有唱完。……

秋天啊，请把你的脚步儿放慢！
我们的人哪，还要看你千万遍。……

1962年10月18日—11月1日。

## 秋歌
### ——之三

野草黄了,谷子收了,
秋天啊,再也不能久留了!

雪花落了,寒霜稠了,
秋天啊,再也不能不走了!

哦,秋天!为什么不能久留?
这大地哟,贮满了生活的美酒。

哦,秋天!为什么急忙着走?
这人间哟,充溢着艰辛的战斗。

秋天啊,也有离情别绪在心头,
看,一串串滚热的泪珠脸上流。

秋天啊,也有千言万语涌上喉,

听,一句句知心话就要说出口:

"朋友,不是我不爱生活的酒肴,
只因为我呀,必须遵守大自然的律条。

"朋友,不是艰辛的战斗把我吓跑,
只因为我呀,准备来年再为你们报效。

"我爱你们呵,大地上的英豪!
这一年哪,你们干得多么好!

"冬天里,千里冰封、万里雪飘,
你们呵,曾踏破冰雪开辟阳关道。

"春天里,千里黄沙、万里狂飙,
你们呵,曾驾驭风沙飞渡独木桥。

"夏天里,千里山洪、万里海涛,
你们呵,曾追波逐浪越过百丈潮。

"呵,冬天!虎也远去、雁也南逃,
只有你们呵,敢教热冰暖雪湿战袍!

"呵,春天!山也打战、树也歪倒,

只有你们呵,顶天立地一丝不动摇!

"呵,夏天!天也呼叫,水也嚎啕,
只有你们呵,战鼓声酣、凯歌声高。

"有你们在呀,深山怎敢不献财宝!
有你们在呀,老天怎能不缴仙桃!

"有你们在呀,我秋天怎敢迟到!
有你们在呀,我秋天怎能不来酬劳!

"再会吧,愿你们明年更比今天好!
我老了,你们的红旗赤血永不老!

"再会吧,明年再来看你们的捷报!
我走了,你们的火光和太阳长相照!"

秋天啊,话儿刚刚说出口,
一转身哟,就匆匆而去不忍回头。

秋天啊,好像还没有把话说透,
一溜烟儿哟,就直上了重霄九。

哦,秋天!明年可要早些往这儿走,

我们欢迎你,用战斗和劳动的丰收!

哦,秋天!明年可要多在这儿留一留,
我们款待你,用我们新酿的美酒!

1962年11月11日—17日,出发前。

## 秋日谈心

此刻哟,旭日初升,霞光刚把枫林红透,
我们却又念起那冰天雪地的严酷时候;
此刻哟,青天在上,乌云正向远方败走,
我们却又谈起那急风暴雨的变乱年头。

厂长老刘,是我二十年前的战友,
他身量又瘦又矮,脾气却犟如老牛;
中校陈大个,是他当连长时的助手,
他跟首长谈心,从来是不到鸡叫不休。

抒情诗人侯"瞎子",看样子活像个老学究,
他那哲理式的语言啊,可不亚于浓烈的酒;
他年青的妻子小庄,长得像绿竹一般挺秀,
她只顾尖声地笑呀笑,不到紧要关头不开口。

昨晚呵,我们下班后就到公园里聚首,
高高的明月,曾伴我们穿波逐浪荡轻舟;

今朝呵,他们又相约来到我的小楼,
暖暖的秋阳,又照我们高谈阔论尝新酒。

先发感慨的是老侯:"生活真像这杯浓酒,
不经三番五次的提炼呵,就不会这样可口!"
反驳他的是大陈:"不,生活原就很富有,
对战士来说,连沉沉的黑夜都是白天的前奏。"

支持他的是老刘:"对,有人总爱替古人担忧,
一提起过去的日子,就好像是吃不尽的苦头!"
老侯说:"当然,我们不能有任何怨尤,
战士的一生,本来是与各种艰难展开的战斗。"

大陈说:"那时候啊,我们也真一无所有,
肩膀上只有一杆破枪,背袋里只有一把黑豆。"
老侯说:"那年头啊,我们都是又黄又瘦,
头顶上只有一堆乱发,脚杆上只有一片泥垢。"

大陈说:"那时候啊,我总在夜行军中耍'猴',
'瞎子'看不见路,用根小绳拴在我的背包上走。"
老侯说:"那年头啊,老陈的肚皮大如斗,
每次会餐时,至少要吃十五个四两重的馒头。"

话不过十句,女同志已经笑得眼泪直流,

老刘却说:"那时候啊,最神圣的是革命操守!"
话头这一转,大陈严肃地拉拉小庄的衣袖,
老侯却说:"那年头啊,最顶事的是红色犟牛!"

老刘说:"不,那时候,一列士兵就是一条铁流,
所有难耐的艰辛呀,一律变成真正的享受!"
老侯说:"对,那年头,一支队伍就是一副骨肉,
所有小小的私怨呀,一律化为大大的公仇!"

大陈说:"那时候啊,就是废铁也不会生锈,
一切的破屋断墙呀,都成了我们前进的斥候!"
老刘说:"那年头啊,就是木棒也可以不朽,
一切的奇峰怪石呀,都成了我们防身的甲胄!"

大陈说:"那时候啊,早把生死放在脑后,
甘愿以血肉之躯,充当时代列车的轮轴!"
老刘说:"那年头啊,对个人幸福无所追求,
甘愿以全身骨骼,架设革命事业的高楼!"

忽然间,我们的诗人好像醉了葡萄酒,
他说:"但愿每次回忆,对生活都不感到负疚。"
过一会儿,我们的中校爽快地昂起了头,
他说:"大海已经渡过,更何惧急湍的河流!"

老刘说:"不,生活里还会有风狂雨骤,
而忠贞的青松呵,永远不会成为柔弱的垂柳。"
小庄高声道:"对,展望将来更要精神抖擞,
我们是胜利者呀,怎能没有胜利者的派头!"

老刘笑了:"好小庄哇,我举你的手!
瞧瞧这些男子汉吧,比女同志还要娇柔。"
老侯也笑了:"你这话还说得很不够,
要是没有她们呀,咱们恐怕都是些'老落后'。"

这时,大家笑呵笑得这楼都像在发抖,
只有明丽的秋阳呵,还安详地在天空守候;
在座的人中呀,谁还一直没有开口?
只有主人——我振奋的心跳得有如浪里飞舟。……

1962年10月5日—17日,深夜。

# 下 辑

## 三门峡

山还是那样高,湖还是那样宽,
刚刚告别昆明,滇池难道和我结伴下河南?!
风却是这么清,水却是这么蓝,
明明在中原落脚,为什么又像遨游西子湖边?!

不是滇池的水呀,不是滇池岸边的山,
滇池的山水,哪有这儿土热、山新、水味甜!
不是西湖的风呀,不是西湖上的云烟,
西湖的风光,哪有这儿天高、云淡、景色鲜!

来到了黄河滩——不见黄河面,
但见那溢流坝下,喷云、飞雪、开放白牡丹;[1]
来到了三门峡——三门落深渊,[2]

---

1. "溢流坝"在三门峡的左面。从"溢流坝"的溢流孔和泄水孔喷出的水浪,状如白牡丹。
2. 三门峡的鬼门、神门、人门三岛均已沉入湖底。

威风凛凛一条坝,把峡谷变成一座马蹄形的山。

旧梳妆台打碎啦,"娘娘"住进了新宫殿,[1]
英雄的儿女,用双手将方圆几千里的明镜高悬;
炼丹炉歇火了,中流砥柱换了班,[2]
水电站的电流,就要乘风驾线走中原。

狮子头垂下去啦,混龙不再叫啸滚翻,[3]
昨天的黄土坡上,飞荡着载满歌声的船帆;
神鬼失灵了,禹王爷爷赋了闲,[4]
勤快的姑娘,在黄河水里洗净了雪白的衣衫。

古代文明的发源地啊,中华民族的摇篮,
于今换上新装、朝见社会主义的新市面;
招灾闯祸的浪荡子啊,横冲直撞的疯癫汉,
从此改邪归正,把一腔热血交付万顷良田。

永别了,浊黄的河流——水库的祖先,

---

1. "梳妆台"原为三门峡下急流中的石岛之一,位于娘娘河下游,现已被破碎。"娘娘河"也已无迹可寻了。
2. "炼丹炉",三门峡下的另一石岛。"中流砥柱"指"砥柱石",现尚存,但已失去"中流砥柱"的作用。
3. "狮子头",原是鬼门岛右岸的岩石。
4. 三门峡的南岸山上,有一禹王庙。

你已一去不返,可有什么教训留给人间?
你呀,一不怕符咒、二不怕神仙,
怕的是:英雄们的意志压倒了巨浪狂澜。

欢迎呵,新生的长坝——"大跃进"的标杆,
你初到世上,可存下什么永志不忘的纪念?
你呀,一不刻碑文,二不录诗篇,
只记下:巨人的脑汁汗液埋葬了万险千难。

我用心血作酒浆,高举杯盏,
祝贺我们的祖国,通过了又一次严峻的考验;
我以胆汁当墨水,写下誓言,
请求我们的时代,把更重的担子放在我们的双肩。

请看吧,三门峡水库就是我们的证件,
拦河大坝高过天,也不及中国人民的信念;
相信吧,三门峡做出最公正的判断,
水库容量大如海,也不及中国人民的心田。

1961 年 12 月,三门峡—北京。

## 思念
——致阿尔巴尼亚一位诗人的诗笺


此刻,南中国的花香正浓,
晚风在竹林里摇出轻声;
小鸟的清亮的合唱停息了,
树丛中又跳出扰人的蝉鸣。
我再一次遥望天边,
但见你的闪动着的身影……

你还是那样爽朗地笑笑、耸耸肩膀,
我却一直紧张地睁大着眼睛;
你还是那样健壮、豪迈、从容不迫,
我却又兴奋、又焦急、又激动。
谁说得出是什么缘故呢?
我的思念是如此地深重!

我思念你,亲爱的同志,
不只是为了私人之间的友情。

我们曾有过多次的会晤，
每一次都是那样热烈而平静；
我们也曾有过多次的分手，
分手以后只是焦盼着重逢。

我思念你，"山鹰之国"的山鹰，
不是因为地拉那已进入寒冬。
我自己是在严峻的北方长大，
你早就惯于同凌厉的冰雪抗争。
而你诗人的火一般的意志，
能使刺骨的寒流化为暖人的春风。

我思念你，尊敬的友人，
不是由于无端的惊恐。
你是在战争的冶炼中成熟，
我也是在酷烈的炮火下诞生。
为着绝妙的伟大的理想，
你决不会在惊涛骇浪前眨眨眼睛！

我思念你，不是不知道——
你正生活在节日的喜庆之中。
你们脸庞上的欢乐的泪珠呀，
跟列宁水电站的水一样明；
你们斯坎德贝广场的旗帜呀，

跟马克思所热爱的一样红。

我思念你,不是不理解——
你们的祖国像高山般沉着坚定。
南斯拉夫叛徒的造谣中伤破产啦,
阿尔巴尼亚人民的耳朵最灵;
帝国主义者的棍棒折断啦,
恩维尔·霍查同志的骨头最硬。

我思念你,不是不懂得——
你们的党是由千锤百炼的纯钢铸成。
你们亲热地欢呼党的领袖,
领袖以劳动者的姿态活跃在劳动者之中。
你们欢庆着党的二十周年生辰,
你们的党却何止二十岁的年龄!

我的思念是如此地深重,
不用我说你也心明如镜!
此刻,扰人的蝉终于悄悄入睡了,
周围是一片柔和的寂静。
我再一次遥望天边,
但见你的刚健的面容……

1961年11月8日阿尔巴尼亚劳动党成立二十周年那一天,广州。

## 平炉王出钢记

### 一  五一节的焰火飞上天安门

响了一声硬雷震开个云,
五一节的焰火飞上天安门。

天安门的焰火万里路上明,
一照照到包头钢铁城。

包头钢铁城有个平炉王,
举起胳臂能够得上天堂。

平炉王瞭见焰火升,
好像战士接到命令。

"五个多月的辛苦把我喂高,
今儿个用我的日子来到了!"

烟囱吐豪气,炉心滚热浪,
平炉王立马追镫要出钢。

云头里打闪遍地明,
天上天下齐惊动。

天上的星星摆开溜,
草原的青蒿张开手。

大青山落了十丈三,
乌拉山矮了一大半。

大风沙扔了喇叭筒,
黄河水停了呜哇声。

几万只眼光照钢槽,
几万副脸孔起红潮。

多少个人对着炉口笑,
多少颗心对着炉口跳!

炉长阿拉坦巴根上了指挥台,
炉上的钢铁工人一字儿排开。

一根长钻通开了炉口,
单等那钢水汨汨地流。……

## 二 看钢人等看那打头的钢

黄河里鲤鱼出水要破浪行,
平炉口出钢也得等上几分钟。

如同将士等看信号枪,
看钢人等看那打头的钢。

别看咱是蒙古钢铁工人第一代,
个个都是虎头虎脑好人才!

成吉思汗只识弯弓射大雕,
今日的英雄能把山石变财宝。

别看咱牧民的儿子长双粗手,
鞍钢的师傅教会咱把钢花绣。

年轻轻的后生攻尖端,

蒙古民族一步要登天。

别看咱是口外的庄稼汉,
塞外的红枣骝马名不虚传。

大哥留公社,二弟走包头,
粮食钢铁要双双闹丰收。

别看咱老子拉犁儿赶车,
要学炼钢也学得怪利落。

沙漠里走骆驼黄河里走船,
咱口外人要走钢铁线。

谁说江南子弟怕受塞外寒,
上海工人把祖国当家园!

哪怕你平炉大王上了天,
也得叫你老老实实服咱管!

谁说山南海北的不再走西口,
毛主席叫到哪里就哪里走。

鞍钢人跟钢铁是一家,

巧手要让天下开放钢铁花。

### 三　平炉王的钢水出来了

正当二十点二十五分钟,
喇叭大吼汽笛打起鸣。

以一片焰火冲进九重霄,
平炉王的钢水出来了。

流出来的钢水红艳艳,
活像一串子太阳落草原。

喷出来的钢花金棱棱,
好似千万颗星星闹天宫。

流出来的钢水亮又长,
跟今晚上的长安大街一个样。

喷出来的钢花哗啦啦飞,
跟天安门的焰火成了对对。

一群群喜鹊打通了天河,
钢水钢花催起了心上的乐。

一群群大雁展翅朝南去,
快到天安门前去报喜。

谁敢说草原上不长灵芝草?
说这话的活活是棵沙窝蒿。

谁敢说"落后"地区出不了钢,
给他口橘红的钢水尝上一尝。

电波无蹄快如风,
广播一响天下扬名。

双头香点着红连炮,
四撒五扬都知道。

牧区的人们听说钢花喷,
蒙古包里拉起了马头琴。

农业区的人们听说钢水冒,
扯起嗓子吆上"爬山调"。

走不尽的沙滩过不完的河,
今晚上一齐唱开喜庆歌。

野梢林望见钢水流,
倒在山坡嚷着要出头。

沙漠地听见钢水响,
石子要变成绿树排成行。

只为祖国多多出钢铁,
哪里的灵人快马不争前列!

全自治区看着平炉王,
处处热气腾腾向太阳。

全国各地看着平炉王,
处处红旗闪闪放春光。

红人红心红脸膛,
红天红地红包钢。

这一号平炉王出钢了,
还有十号、百号、千万号。

这件喜事出在今年五一节,
年年月月的喜事记也记不迭。

1960年5月2日包头记,5月7日北京改。

## 为"诗歌号"送行

不仅用劳动,
而且用热烈的心,
架起一座飞行的金桥;

不仅用血汗,
而且用兄弟的情谊,
汇成带翅膀的大江一条。

英勇的金桥,
冲开美国海盗的仇恨的目光,
从各个城市飞向哈瓦那的街道。

豪迈的大江,
越过美国军舰上空的黑色烟柱,
从世界各地飞向西印度群岛。

这是我们的"诗歌号",

太阳是你的路标,
人民的友爱是你的护照;

这是我们的"诗歌号",
红霞是你的旗帜,
胜利的东风是你的依靠。

再会呵,"诗歌号",
我们凝望着遥远西南方,
等候着你的红色的捷报;

再会吧,"诗歌号",
我们谛听着海浪滔滔,
喜看拉丁美洲的群山呼啸。

佳音就要来了,
"诗歌号"射中了强盗的旗子,
美制的飞机在甘蔗田边燃烧;

佳音就要来了,
"诗歌号"击中了敌舰的方向盘,
干涉者被惊涛骇浪一口吞掉。

起飞吧,金桥!

为了古巴,为了和平,
我们的人民不惜牺牲、不畏辛劳;

起飞吧,大江!
为了我们的朋友和兄弟,
我们的诗人——战士只有赤心一条。

1960年4月,北京。

## 风暴之歌

怒云滚滚,
闪电把暗夜撕开,
雷声隆隆,
骇浪撞碎悬崖。
海燕舞长空,
蛟龙闹大海,
苍鹰旋转飞,
鱼虾叫声哀。
反美斗争风暴
　　　　铺天盖地来。

反美斗争风暴
　　　　铺天盖地来,
管你地角天边
　　　　哪能有什么例外!
富士山头擂战鼓,
地中海上怒满怀,

大火烧开太平洋,
鲜血染红金达莱。
最热的地方
　　　　　战斗正甜,
最甜的国家
　　　　　成了斗争的热带。

反美斗争风暴
　　　　　铺天盖地来,
被压迫的奴隶
　　　　　今天要扬眉吐气把头抬!
年轻的学生打冲锋,
卑贱的矿工当统帅,
目不识字的农民唱战歌,
黑人群里出英才。
跳上洋老爷的牙床
　　　　　踩三踩,
管叫殖民主义的枷锁
　　　　　碎落尘埃。

反美斗争风暴
　　　　　铺天盖地来,
受苦受难的人民
　　　　要算血汗债!

还我身上的自由,
还我肩上的脑袋,
还我祖国的江山,
还我民族的命脉!
帝国主义的战车
　　　　　一步不许开,
外国人的傀儡
　　　　　给我乖乖滚下台!


反美斗争风暴
　　　　　铺天盖地来,
"瘟神"、骗子、奴才
　　　　　　现丑态。
新闻秘书当了阶下囚,
瘟神随员破了天灵盖,
麦克阿瑟偷偷走后门,
堂堂首相不敢出住宅。
老鼠过街
　　　碰上了"除四害",
"艾森豪威尔,滚回去!"
　　　　　　——就算是好招待。


反美斗争风暴
　　　　　铺天盖地来,

人类历史上
　　　　　何曾有过这样的大时代！
奴隶于今要翻身，
帝国主义要垮台，
英雄志士天上飞，
殖民主义地下埋。
伟大的革命
　　　　　要把全世界的江山改，
活在这样的年头
　　　　　比神仙还痛快！

反美斗争风暴
　　　　　铺天盖地来，
你是金子、是粪土
　　　　　都难以遮盖。
是兴冲冲走在前头，
还是懒洋洋站在圈外？
是凶煞煞当个叛徒，
还是灰溜溜当个市侩？
全要你一时三刻
　　　　　作出抉择；
铁面无私的历史
　　　　　将要把你妥安排。

反美斗争风暴
　　　　　　铺天盖地来,
通向胜利的大道上
　　　　　　长了几片泥苔。
有人厌倦革命啦,
不讲革命讲穿戴;
有人被幻想迷住啦,
想讨"和平"当乞丐。
假洋鬼子们
　　　　更将那哭丧棒子甩:
"不准革命"——
　　　　　　还是服服帖帖任人宰。

反美斗争风暴
　　　　　　铺天盖地来,
我们千万次欢呼
　　　　　　万万声喝彩。
一片红心为革命,
不怕强盗把赃栽,
满腔热血为朋友,
不跟豺狼谈情爱。
我们不打第一枪,
　　　　　也不含含糊糊挂起免战牌,
我们诚心爱和平,

　　　　　却不丢下斗争空等待。

反美斗争风暴
　　　　　铺天盖地来,
你来得好呵,
　　　　　好一派英雄的气概!
云头呵,更勇敢地飞吧,
闪电呵,把天门打开!
雷声呵,更大声地响吧,
骇浪呵,击碎前进路上的障碍!
大风暴呵,
　　　　　更猛烈地吹吧,
吹来一个满地红花、
　　　　　满天异彩的新时代!

1960年6月,北京。

## 春暖花开

一

春天来了,
中国布满生机。
北方飘雪,
麦根儿在雪下伸腰肢;
南国花开,
布谷鸟在花间啼;
东海扬波,
白浪映得岸上绿;
西部飞沙,
风沙滚滚舞新枝。
好春天!
惹得世界欢欢喜喜。

春天来了,

处处有春意。
小虫睡醒，
伸伸懒腰展开翅；
雁儿高唳，
唤来彩云游天际；
柳条扬手，
为田野招徕行旅；
风儿漫舞，
暗将情思传递。
好春天！
使天下皆诗。

春天来了，
万物扬眉吐气。
河水解冻，
闹闹嚷嚷奔向水库去；
小草发芽，
硬着头皮顶破地，
大地喷香，
逗引铁牛来下犁；
高山抬头，
渴望主人插红旗。
好春天，
真是斗争节日！

谁是春天主人,
快把春天占据。
春在人心,
毋须广播消息。
春遍人间,
不用邮电通知。
人在哪里,
春在哪里,
何必远去寻觅。
人心有多高,
春天有多好,
春从人意。


二

春天的主人呀,
——咱们的好同志!
到春天来吧,
莫迟疑。
春暖花开,
正是英雄用武之时。

大好江山,
正是呼风唤雨之地。
懒汉哲学,
要丢弃!
战士胸襟,
不容一丝儿娇气!

春天的主人呀,
——咱们的好兄弟!
到春天来吧,
莫游移,
万里长征,
仅仅是个开始。
前途正远,
还不是休闲时日。
困难重重,
岂能吓住英雄儿女!
千辛万苦,
咱们又何所畏惧?

春天的主人呀,
——咱们的好同志!
到春天来吧,
莫沉迷!

伟大祖国,
还是一张白纸。
无尽宝藏,
还关在深深地底。
跃进步伐,
岂能半路停止?!
能工巧匠,
还不施展高超技艺?!

春天的主人呀,
——咱们的好兄弟!
到春天来吧,
莫大意!
帝国主义者,
正对着我们咬牙切齿。
爱好和平的人民,
能不警惕?
堂堂中国,
理应天下无敌。
建设事业,
必须一天比一天壮丽。

三

是的,
咱们不会辜负春天美景。
这片国土上,
住满英雄。
青年像赵云,
老年赛黄忠,
儿童似哪吒,
少年如罗成,
婆婆好似佘太君,
妇女如同穆桂英。
好传统,
万古长青。

是的,
人人心上春意浓。
这片国土上,
财富无穷。
小伙子勇敢,
老战士忠诚,
女性心地纯洁,
壮年精力旺盛,

孩子欢笑，
姑娘多情。
俊美外表，
藏着俊美心灵。

当春到人间，
花舞春城，
我们装载着：
满腹文章，
满腔歌声；
面对着：
早晨寒流，
傍晚黄风。
在高高天上，
放出意志如虹，
在广阔大地，
散发着热气腾腾。

当春色满园，
河水解冻，
我们满怀着：
战斗决心，
革命激情；
笑迎着：

拂晓云霞,
黄昏亮星。
在田野里,
追逐那青春踪影,
在山岗上,
举手掀动天空。


## 四

旧的一年飞去了,
看不见行踪。
它那彩笔,
却已把我们的心儿染红。
忘不了:
那蓬勃气象,
动人场景。
想不尽:
那英雄故事,
优美歌声。
好时光,
为什么不停一停?

新的一年飞来了,
身子一样儿轻。
它的脚步,
已把我们唤醒。
仰望着:
那银色晨光,
金色前程;
禁不住:
手舞足蹈,
心高气盛。
好年头,
再创造个好年成!

中国的儿女呀,
胸襟开阔,
心地光明。
说得到,
做得到,
言必顾行。
千斤担,
万斤闸,
我们甘愿担承。
半点虚夸,
半点浮躁,

让它一起化作清风。

中国的儿女呀,
有志气,
有本领,
腿儿酸,
筋骨痛,
敌不过心肠硬。
千重山,
万条水,
早不陌生。
半分骄气,
半分懒情,
决不让它度过寒冬。


五


同志呀,
你们多么好!
决心啊,
比天高。
快快迈开虎步,

挺起熊腰！
走向田野，
走向山坳。
向大地索取财富，
向高山索取珍宝！
春风动，
正为我们鸣锣开道。

一年大计，
在今朝。
好庄稼，
靠保苗；
好收成，
靠锄草。
春到人间，
快和春天赛跑。
拿出壮志雄心，
把田间大闹。
让一切困难，
在我们面前双膝跪倒。

兄弟呀，
你们真是一代天骄。
干劲啊，

冲九霄。
快快举起铁锤,
拿起钻镐!
走向炉边,
走进坑道。
放出钢水如江河,
打开大自然奥妙。
春光明媚,
正在我们头上照耀。

丰功伟绩,
谁创造?
马行千山,
靠好膘;
船行万水,
靠好篙。
英勇斗士,
不辞劳!
层层关口,
难挡道。
辛苦吗?
不值一笑!

## 六

呵,
春天来了!
春天的主人,
不负春光好。
辛勤劳动,
勇敢斗争,
春天才为我们报效。
春色新,
人儿振奋,
人心与春色齐飘。
春有精神,
人也雀跃。

呵,
春天来了!
春天的主人,
把春天打扮得更美妙。
红旗漫卷,
人群鼎沸,
春天才如此多娇!
春在人里,

人在春里,
人和春天融在一道。
人儿年轻,
春也不老。

春天来了,
人间幸福知多少!
知心的人儿,
莫错怪我轻佻。
我们是一为今日,
二为明朝。
万山丛中,
种仙桃。
大戈壁里,
探油苗。
一生辛苦一生乐,
壮丽的前程难画描!

春天来了,
人间喜气万丈高。
知心的人儿,
莫错怪我浮飘!
我们不是仅为个人,
也不是仅为家小。

一腔热血，
似火烧；
满副精力，
如刀出鞘。
誓为共产主义
打开阳关大道！

1959 年初作。

# 天安门广场

茫茫的云雾哟,
快快给我散开!
你不要妄想呵,
不要妄想
　　　　把天安门广场的光辉遮盖!
这太阳般的灯火,
能够照亮
　　　　每座遥远的村镇,
　　　　每处偏僻的边寨;
全国劳动者的心,
都将感受到
　　　　这无比强烈的鼓舞,
　　　　这无限温暖的关怀。


高高的山峰哟,
垂下你的脑袋!
我们决不允许呵,

决不允许
　　　　　你把天安门广场的声音阻塞！
这金属般的乐曲，
能够响彻
　　　　一切寂静的深沟峡谷，
　　　　一切漠野的草原林带；
全中国的正直人家，
都将承受到
　　　　　这幸福的河流的激荡，
　　　　　这温煦的春风的抚爱。


我们在这片国土上
　　　　　　住了几百代，
我们记得住
　　　　每届皇朝的始末，
　　　　每次社会的兴衰；
请问哪代哪朝
　　　　　有过凤鸟栖息梧桐树，
　　　　　有过真龙滚滚下凡来？
只有这社会主义的时代呵，
黄金的日子
　　　　一字儿排开。
六万万颗心
　　　　　像六万万只凤鸟来朝拜，

六万万双目光
    像六万万对金龙聚会在汪洋大海。

我们在这个广场上
    来回走过几百载,
我们亲眼看见
    那玉辇金鞍耀武扬威过,
    那文官武将摇头摆尾来;
请问哪年哪月
    有过真正的豪杰昂首迈阔步,
    有过人民的英雄拍胸摆擂台?
只有这伟大的十年呵,
辉煌的广场
    坦露爽朗的胸怀。
六万万个豪杰
    像六万万棵火树在这儿栽,
六万万个英雄
    像六万万朵银花在这儿开。

呵,天安门广场
如今成了
   全国人民的大舞台,
它的广阔的幅员
    能容十万大山并肩摆,

它的壮丽的风光
　　　　　　胜似仙境蓬莱,
千千万万妇女
　　　　　　在这儿唱起《穆桂英挂帅》,
千千万万少年
　　　　　　在这儿演出《哪吒闹海》,
这美妙的人间呀
　　　　　　金瓦生辉月长圆,
　　　　　　红旗飘飘春长在。

呵,天安门广场
如今成了
　　　　　　全国版图上的高原地带!
共和国从此出发
　　　　　　万里途程一步跨开,
毛主席站在门楼上
　　　　　　三山五岳忽然变矮,
亿万工人农民
　　　　　　不登云梯也可上天台,
千百诗人歌手
　　　　　　不驾灵感的翼翅也能把星月摘,
这众望所归的指挥所呀
　　　　　　一个号召天下齐响应,
　　　　　　一声命令全民献奇才。

天安门广场上的同志们呵,
不要辜负
　　　　我们的光荣的节日,
　　　　我们的灿烂的时代!
歌吧,舞吧,
　　　　　我们有权舞得山摇地又动,
　　　　　我们有权唱得河开雁再来。
在第一个十年里,
我们和全国人民一起
　　　　　　献出的汗水积成江湖,
　　　　　　支付的心血染红云霭;
在第二个十年中,
我们将百倍地奋发,
　　　　　　迫使高山低头水让路,
　　　　　　敢教日月增光夜色白。


天安门广场上的同志们呵,
请携带着
　　　　千种深厚的情思,
　　　　万般殷切的期待!
歌吧,舞吧,
　　　　　我们要唱得红霞永驻雷声哑,
　　　　　我们要舞得万树长青花不败。

在第一个十年里,
我们和全国人民一道
　　　　　　踏破了千里冰川万里霜雪,
　　　　　　冲开了千重骇浪万重关隘;
在第二个十年中,
我们将不懈地跃进
　　　　　　让好聒噪的乌鸦不敢张开嘴,
　　　　　　叫傲慢的战争狂人不敢把头抬!

1959 年国庆节前夕。

## 十年的歌

### 一 我的心在全国遨游

从一九四九年到一九五九年
——整整十个年头,
我的心呵,
在全国遨游:
北到漠河,
南到广州,
西到戈壁滩,
东到长江口。

她呀并不轻闲,
倒真是步履维艰:
一步一个脚印,
一步一滴热汗,
一步一丝感触,

一步一线挂牵,
一步一次回顾,
一步一点流连。

时间纵然飞快,
路途也很难挨。
十次柳絮飞,
十次腊梅开,
十次春雷响,
十次桃汛来,
大雁走过十次来回路,
红叶十次染山崖。

在我们的祖国中,
我已度过四十个阳春。
十年穷家苦孩子,
十年少年读书人,
十年革命军战士,
十年共和国公民。
这第四个十年呵,
才进一步走向生活的中心。

这四十年的岁月,
是如此平凡又不平凡。

十年有忧无虑,
十年无知有胆,
十年东冲西奔,
十年多思少眠。
这第四个十年呵,
才进一步迎向生活的狂澜。

祖国是我们大家的,
我也属于祖国所有。
而祖国呵,
从没有平静的时候。
我的心呢,
也是情思悠悠:
既有无穷的欢乐,
也有短暂的烦愁;
既有温暖的阳光,
也有火烈的战斗。

我是祖国中极普通的一个,
祖国也属于我。
而祖国呵,
从没有空闲的时刻;
我的心呢,
也是感奋多多:

既有巨大的喜悦,
也有小小的折磨;
既有快人的甘露,
也有微微的风波。

从一九四九年到一九五九年
——整整十个年头。
我的心呵,
在全国遨游:
千座高山,
万座大丘,
千里平川,
万里河流。

二  什么事物留的印象最深?

朋友呵,
你无须这样探求:
在我们的祖国,
哪里最快乐而自由?
我干脆回答你:
每条山沟,

每片平地,
每块沙洲。

同志呵,
这样的问题不用提:
在我们的祖国,
哪里最使人眷恋入迷?
我只能说:
一切区域,
一切乡村,
一切城市。

如果你这样询问:
什么事物留的印象最深?
我的心呵
就要暴跳一阵:
语言的河流,
如波涛滚滚;
思想的碎片,
如大雪纷纷。……

……高炉出铁之前,
工人守候炉边。
挥汗如雨,

望眼欲穿。
心与炉火齐跳，
血与铁水同燃。
老相交呵，
真是来也姗姗！
幸福呵，
为何这样羞惭？

……一阵暴雨过后，
社员在田间奔走。
麦穗伏倒水中，
水下挥动大手。
麦穗随大手飞升，
长虹在天边逗留。
老天呵，
不准夺去丰收！
生命呵，
决不丧气垂头！

……战斗还未打响，
战士蜷伏山岗。
决心杀敌敌不来，
手扶枪身不能放。
子弹跳在胸窝，

仇恨装在枪膛。
敌人呵,
你敢不投降!
胜利呵,
我们要亲自把你夺到手上!

……孩子已满九岁,
今晚就要入队。
辅导员迟迟不来,
红领巾在人家肩上飘飞。
"我早就盼望这个时刻",
"我早就做好准备",
时光老人呵,
你不要这样推诿!
未来呵,
多么壮美!

……天上飘着晚霞,
青年男女坐在树下。
一个又一个交心的吻,
一句又一句的重复话,
今天的火热爱情,
明天的战斗生涯。
不用安排呵,

祖国就是我们的家,
前程呵,
何等远大!

……在寂静的书室里,
诗人苦苦凝思。
一则以忧,
一则以喜。
伟大的生活,
贫弱的笔力。
墨水呵,
不要留下污迹!
灵感呵,
辽阔的祖国任你飞驰!

……月光浴着窗纱,
夫妻在枕边夜话。
爱抚得这样温存,
批评得那么辛辣。
漫长漫长的回忆,
快乐而别致的吵架。
音乐般的呼吸呵,
解人困乏!
明天呵,

愿你更加奋发!

……大厦举行了落成典礼,
职工离开工地。
一草一木都在招手,
一砖一瓦都有情谊。
昨天还在奋力工作,
今天就要飘然远去。
新的建筑呵,
一个更比一个壮丽!
亲爱的祖国呵,
处处为我们打下基石。……

如果你这样询问:
什么事物留的印象最深?
我大声地回答道:
我们的人!
我们的人呵,
是祖国的核心。
我们的党呵,
是人民的灵魂。
党和人民呵,
组成了六万万大军。

党呵,
豪迈地举着帅印。
人民呵,
勇猛地冲向战阵。
十年的岁月呵,
五彩缤纷:
多少期待的夜晚,
多少焦灼的早晨,
多少艰辛的晌午,
多少快乐的黄昏!


三　一面浩大无边的画幅


从一九四九年到一九五九年
——整整十个年头,
我的心呵,
在全国遨游。
万千印象,
在心上刻镂,
万千画面,
在心上刺绣。

呵，祖国，
如今我才懂得：
一切期待，
一切焦灼，
一切艰辛，
一切欢乐，
终于在第十个年度，
汇成了金光闪闪的长河。

呵，祖国，
如今我才悟透：
北到漠河，
南到广州，
西到戈壁滩，
东到长江口，
终于在第十个年度，
飞起了满天星斗。

星斗与长河交错，
展开一面浩大无边的画幅，
与天空相衬映，
在地球上平铺。
全世界的眼光，
都向这里倾注。

群星颤抖,
皓月掩目,
老天赞叹,
太阳惊呼。

钢铁基地,
张起一面巨大的火网。
高炉成林,
铁水如江。
地上万里烟云,
天下万里红光。
金色的火花呵,
无处不飞翔!
手臂般的烟囱呵,
招来无限希望。

成千上万的人民公社,
造就了大好江山。
麦地好似金滩,
稻田如同锦缎。
天是绿色海洋,
地是绿色青天。
高山平地呵,
哪里不归公社管!

共产主义的前程呵,
无际无边。

新兴的城市,
像一面面泛滥的银湖。
雾紫灯明,
星罗棋布。
厂房在市郊中隆起,
人群在街道上奔突。
社会主义建设呵,
迈开七尺阔步!
油黑的手呵,
为乡村指路。

远方的沙漠,
像一群不屈服的骆驼。
常年沉默变为一片喧哗,
愤怒化成石油的长河。
井架勃然竖起,
马达放声高歌。
内地呵,
哪有这奇异的景色!
不要忘记呵,
这也是一个辉煌的角落!

葡萄串般的水库,
如同一面面明镜。
鱼在水中游,
山在水中映,
沟渠通往田地,
水为禾苗效命。
少女呵,
照照你的姿容!
祖国呵,
留下你青春的踪影。

绿色的森林,
是祖国的屏障。
近看不见天日,
远看一片汪洋。
低者铺盖山野,
高者冲上天堂。
伸展你的手臂呵,
为祖国挡住虎狼!
迈开你的脚步吧,
到沙漠里去建立长廊!

江河上的工程,

如同一道道大门。
开时秧苗勃兴,
闭时洪水驯顺。
浊水变为清流,
电光照明山村。
堤坝呵,
像个刚毅的巨人!
沃土呵,
永不再沉沦!

东方的海洋,
是祖国的边疆。
舰艇游水上,
哨兵挺立山梁。
海岸壁垒森严,
祖国才有鸟语花香。
强盗呵,
不要痴心妄想!
侵略者呵,
请在这里埋葬!……

这面浩大无边的画幅,
真是不尽描述。
战斗十年,

流芳千古；
十年辛劳，
万年幸福。
奋勇十年，
功勋无数。
十年虽去，
青春永驻。

从一九四九年到一九五九年
——整整十个年头，
我的心呵，
在全国遨游。
到了第十个秋天，
才仿佛驾上轻舟，
然而你呀，
还不能有片刻的停留。……


## 四　伟大的战斗

我的心呵，
你还不能有片刻的停留！
光荣的祖国，

虽已踏进幸福的门楼，
在我们的前进路上，
却还有严峻的战斗，
战斗和胜利，
无尽又无休。

有什么大不了的难关，
能使我们止步不前？
共和国的塔顶，
直上蓝天；
社会主义的光辉，
亮闪闪。
一声呼叫，
大山小山把头点，
一个鼓舞，
天下的庄稼尽开颜。

有什么鸟飞不过的险道，
能把我们吓倒？
共产党的大旗，
满天飘；
毛泽东的太阳，
高空照。
一声召唤，

六万万颗星星齐报到。
一声号令,
六万万人合成好汉一条。

狂风呵,
不要逞能!
暴雨呵,
不要行凶!
狂风暴雨,
敌不过中国大地上的英雄。
使出千方百计,
叫狂风听命令!
用尽良谋善策,
让暴雨也懂得服从!

天空呵,
那么高远!
大地呵,
那么强顽!
天空大地,
全是我们的空间!
我们就是孙行者,
要夺取天上的桃园;
我们就是土行孙,

要打开地下的宝殿。

土地呵,
不要吝啬!
矿藏呵,
不要闪躲!
土地矿藏,
开开你们那神秘的锁!
我们要让土地发威力,
谷粒长大如苹果;
我们要让矿藏出地狱,
万种元素不嫌多。

宇宙呵,
浩浩荡荡。
星群呵,
苍苍茫茫。
宇宙星群,
不要掩盖你的色相!
我们要飞翔在宇宙里,
改变你那空漠和荒凉。
我们要突进群星中去,
开辟人类的家乡。

从一九五九到一九六九
——又将是整整十个年头，
我的心呵，
还要在全国遨游。
千座高山，
万座大丘，
千里平川，
万里河流。

一天胜似一天，
一年好过一年，
天天有个早晨太阳出，
年年有个春风吹度玉门关。
今天的太阳照白雪，
明天的太阳照清泉。
今年的春风吹荒野，
明年的春风吹果园。
若问十年新变化，
请你自己细细看。

一夜胜似一夜，
一月好过一月，
夜夜有个黑衣使者来，

月月天上飞仙姐。
今夜的使者催人眠,
明夜的使者报喜忙不迭。
这月的仙姐落平台,
下月的仙姐上楼阶。
若问十年新变化,
请你自己徐徐把幕揭。

万千景象,
难以尽收,
千万奇迹,
谁能猜透?
只有一幅美景,
已在我心上刻镂,
为了将来印证,
我甘愿在这张纸上存留——
再过十个年头,
还是金色的深秋。
领袖毛泽东,
登上天安门楼。
脸上带着深邃的笑,
扬起厚重的大手:
"这十年呵,

我们又进行了伟大的战斗。
那个英国狮子呀，
已经远远落在我们身后。"

1959 年 9 月于南湖。